# Aladin et la lampe merveilleuse

Illustrations originales de
Frédérick Mansot

Il était une fois un pauvre tailleur, nommé Mustapha, qui habitait dans une ville lointaine d'Orient avec sa femme et son fils Aladin.

Mais cet enfant, paresseux et désobéissant, était un vrai garnement.

Il passait le plus clair de son temps à traîner dans les rues, et il n'y avait pas moyen de lui apprendre quoi que ce soit, ni par la douceur ni par la menace.

Son pauvre père fut si déçu qu'il en tomba malade et mourut de chagrin.

Aladin ne changea pas pour autant. Au contraire, il devint encore plus insouciant, ce qui désespérait sa mère. Il ne rentrait plus à la maison que pour manger le pain qu'elle avait péniblement gagné.

Un jour, alors qu'il jouait comme d'habitude avec ses compagnons sur la place du marché, un étranger arriva ; il se mit à l'observer longuement, s'approcha et se fit passer pour un riche marchand ; mais c'était en fait un puissant magicien. Il demanda au jeune garçon son nom, puis celui de son père et celui de son grand-père. Les réponses d'Aladin eurent l'air de satisfaire tout à fait l'inconnu, qui proposa :

— Viens donc avec moi, j'ai besoin de ton aide. En récompense, je te donnerai de l'or, beaucoup d'or pour toi et ta mère !…

Aladin accepta tout de suite de le suivre.

L'étranger lui offrit d'abord un somptueux repas puis des costumes qui l'émerveillèrent, il le guida ensuite à travers la ville, dans les lieux les plus riches. Tout en marchant, il lui promettait de l'emmener dans un endroit plus fabuleux encore. Et ils se retrouvèrent bientôt en pleine campagne. Aladin se sentait bien fatigué, mais sa curiosité le poussait à continuer. Ils arrivèrent enfin entre deux montagnes, et le magicien s'arrêta : c'était exactement là qu'il voulait attirer l'enfant.

— Mais il n’y a rien, ici ! fit Aladin, surpris.
— Un peu de patience, répondit l’étranger, dont le regard s’anima d’une lueur inquiétante.
Puis il lui demanda de préparer du feu, et lorsque les flammes furent hautes, il y versa des parfums inconnus et prononça de mystérieuses formules magiques : la terre s’ouvrit soudain, découvrant une énorme pierre. Aladin, effrayé par ce prodige, voulut s’enfuir, mais, aussitôt, l’étranger l’empoigna brutalement :
— Grâce à moi, tu peux devenir très riche. Sous cette pierre est caché un immense trésor. Si tu prononces bien ton nom, puis celui de ton père et celui de ton grand-père, elle se soulèvera. Toi seul a ce pouvoir, toi seul ! Vas-y maintenant, vas-y…

— Je suis Aladin, fils de Mustapha et petit-fils d'Ali, dit le garçon très ému, et il fut tout étonné de voir en effet la lourde pierre se soulever. En dessous, il découvrit un escalier qui semblait s'enfoncer très profondément dans la terre. Et, comme il hésitait à descendre, pour le décider le magicien ôta la bague qu'il portait à son doigt et la lui tendit.

— Prends-la et n'aie plus peur, elle te protègera. Le souterrain mène à une grande salle qui s'ouvre sur un jardin. Tout au fond, tu verras une petite niche dans laquelle se trouve une lampe, rapporte-la moi !

Aladin songea aux richesses qui l'attendaient et, sans méfiance, fit exactement ce que le magicien demandait.

Au retour, il prit tout son temps pour admirer le jardin merveilleux : sur les arbres poussaient non pas des fruits mais des pierres précieuses. Il en remplit ses poches tant qu'il put. Il commençait à peine à gravir l'escalier lorsque, là-haut, le magicien hurla :

— Mais qu'est-ce que tu fais ? Dépêche-toi espèce de vaurien ! Tends-moi la lampe et vite !

Ce ton soudain menaçant terrifia le jeune garçon ; il recula de quelques marches.

Le redoutable magicien, pressé de s'emparer de cette fameuse lampe, crut qu'Aladin voulait la garder pour lui seul ; alors, pour le punir, il prononça une formule magique, et le souterrain se referma.

L'enfant, prisonnier dans le noir, pleura de longues heures, en se demandant ce qui allait lui arriver.

Il finit par avoir très froid et pour se réchauffer, il se frotta les mains. Sans le vouloir, il effleura aussi l'anneau du magicien d'où jaillit une fumée lumineuse, et un géant à la figure énorme apparut devant lui :

— Ton génie et serviteur je suis ! Ordonne et j'accomplis !

Aladin, stupéfait, bégaya :

— Sors-moi d'ici !…

Ils se retrouvèrent aussitôt dehors, le génie disparut comme il était venu, et Aladin rentra vite chez lui.

Sa mère fut soulagée de le revoir. Mais hélas, il ne restait plus rien à manger à la maison. Alors Aladin eut une idée. Pourquoi ne pas vendre ce qu'il avait dans les poches ? Les pierres précieuses et même cette vieille lampe ? Afin que celle-ci paraisse plus neuve, il voulut la nettoyer, mais à peine l'eut-il frottée qu'à nouveau un génie gigantesque surgit :

— Ton génie et serviteur je suis ! Ordonne et j'accomplis !

— Apporte-nous à manger ! lui commanda tout simplement Aladin.

Et, dans l'instant, le génie fit apparaître sur la table les mets les plus délicieux et les plus rares.

La mère d'Aladin n'en croyait pas ses yeux ; son fils lui prit la main et lui dit doucement :

— Désormais, finie la misère, le génie de la lampe pourra nous fournir tout ce dont nous aurons besoin !

Et c'est ce qui se passa. Les années qui suivirent, Aladin et sa mère ne manquèrent jamais de rien.

Un jour, Aladin aperçut la princesse Badroulboudour, fille du sultan ; il fut ébloui par sa beauté. Le jour comme la nuit il ne pensa plus qu'à elle et n'eut plus qu'un désir, l'épouser.

Il rassembla les pierres précieuses qu'il avait autrefois trouvées dans le jardin souterrain et les confia à sa mère pour qu'elle les offre au sultan.

La mère d'Aladin se rendit donc au palais. En présentant au sultan une coupe remplie de diamants, d'émeraudes et de rubis, elle demanda pour son fils la main de Badroulboudour.

Le sultan trouva les pierres vraiment très belles, mais cependant il répondit :

— Mais, Madame, il faudrait que votre fils me fasse porter quarante coupes comme celle-ci pour que je lui donne ma fille en mariage.

Apprenant cela, Aladin ordonna au génie de la lampe d'exaucer ce souhait.

Lorsque le sultan le vit arriver accompagné par quarante serviteurs portant chacun une coupe de pierres précieuses, il l'accueillit à bras ouverts et le considéra comme son gendre.

Mais le jeune homme voulut montrer qu'il était encore plus riche :

— Votre Majesté voudra bien attendre pour le mariage que je fasse bâtir un palais digne de sa fille !

Et, sitôt rentré chez lui, il appela le génie de la lampe :
— Génie, je veux que tu construises le palais le plus beau du monde, avec un toit recouvert d'or, des jardins splendides et des écuries pleines de chevaux magnifiques.

Le lendemain matin, tous purent admirer la richesse et la beauté du palais, qui se dressait là où encore la veille il n'y avait que le désert.
On célébra alors le mariage, et les jeunes époux vécurent dans le plus parfait bonheur, mais seulement une année.

Le méchant magicien, qui habitait pourtant très loin de là, finit un jour par apprendre qu'Aladin n'était pas mort et qu'il vivait même dans la plus grande splendeur. Il comprit qu'il avait découvert le secret de la lampe. Terriblement jaloux, il décida de la lui reprendre. En l'absence du jeune homme, il réussit à s'introduire dans le palais et à la voler.

Vite, il s'éloigna, la frotta et le génie apparut :

— Ton génie et serviteur je suis ! Ordonne et j'accomplis !

— Enlève le palais et la princesse, et transporte-les avec moi dans mon pays.

Et cela fut fait dans l'instant même.

Lorsqu'Aladin revint, il ne vit plus rien… que le désert. Il en fut stupéfait ; il se jeta à terre et, se tordant les mains de désespoir, il frotta sans le vouloir l'anneau qu'il avait gardé au doigt.

Aussitôt, dans un tourbillon de fumée, il entendit :

— Ton génie et serviteur je suis ! Ordonne et j'accomplis !

— Oh ! mon génie, j'aimerais tant revoir ma chère femme et mon palais !

Aussitôt, Aladin se retrouva devant son palais sous les fenêtres de la princesse, que le magicien retenait prisonnière.
Elle l'aperçut et l'aida en cachette à monter jusqu'à sa chambre.

Le soir même, elle versa du poison dans le verre du magicien, qui s'écroula, foudroyé. Aladin put alors reprendre la lampe magique et demanda au génie de les ramener, ainsi que le palais, dans leur beau pays d'Orient.

Lorsqu'il les revit, le sultan, fou de joie, fit organiser pour leur retour des fêtes magnifiques qui durèrent plusieurs jours. Quelques années plus tard, il mourut, Aladin devint sultan à son tour et vécut très heureux avec la belle Badroulboudour.

**Édité par :**
Éditions Glénat

**Services éditoriaux et commerciaux :**
Éditions Glénat
31-33 rue Ernest Renan
92130 Issy-les-Moulineaux



Conseiller artistique : Jean-Louis Couturier
Photo de couverture : Frédéric de Lafosse/Sygma
Maquette de couverture : Les Quatres Lunes

Imprimé en CEE
Dépôt légal : 1er semestre 2000
ISBN : 2.7234.3244.0

# Pinocchio

Illustrations originales de
Matthieu Roussel

Il était une fois un vieux menuisier très pauvre qui s'appelait Gepetto. Un jour, alors qu'il s'ennuyait dans son atelier, il entreprit de fabriquer un pantin.

Il choisit un morceau de bois et, avec amour, s'appliqua à sculpter deux yeux, un nez, une bouche, puis deux bras et deux jambes. Très fier de son pantin, il l'appela Pinocchio. Mais soudain quelle surprise ! Voilà que le pantin commença à faire des grimaces !

Il se mit à bouger, à rire, à parler, il vivait : Gepetto n'en revenait pas. Il était fou de joie d'avoir enfin un compagnon ; afin de bien l'éduquer, il lui acheta, avec ses quelques économies, un livre d'étude et l'envoya à l'école en lui recommandant de ne pas traîner en chemin. Plein de bonnes résolutions, Pinocchio se mit en route, mais, passant sur la place du village, il fut irrésistiblement attiré par la musique d'un théâtre de marionnettes.

Sans hésiter une seconde, le petit pantin y entra et s'installa tout devant en oubliant complètement les sages conseils de Gepetto !...

Dès qu'Arlequin et Polichinelle l'aperçurent, ils lui firent fête. Tous trois dansaient sur la scène lorsque le montreur de marionnettes surgit.

Il était très en colère ; et pour punir Pinocchio d'avoir semé le désordre dans son spectacle, il voulut le jeter au feu comme un vulgaire bout de bois.

Pauvre pantin ! Comme il regrettait d'avoir désobéi à Gepetto ! Il pleurait avec des larmes si vraies, que le montreur de marionnettes tout attendri lui rendit sa liberté. Il lui donna même cinq pièces d'or.

Sur le chemin du retour, Pinocchio rencontra un chat et un renard. Ils engagèrent la conversation et le pantin commit l'imprudence de leur montrer ses belles pièces d'or.
Les deux compères redoublèrent d'aimables sourires :

— Si tu venais avec nous, tu pourrais en avoir deux mille ! lui dit le renard, malin.

Pinocchio se laissa tenter et les suivit sans méfiance car il ne savait pas que c'était de dangereux bandits recherchés dans tout le pays. Ils marchèrent longtemps mais, soudain, à la nuit tombée, les deux voyous assommèrent le pantin par derrière.

Ils commençaient à le fouiller pour le voler lorsqu'apparut, dans une étrange lueur bleutée, une éblouissante jeune femme... Sa robe était bleue, ainsi que ses cheveux...

C'était la fée qui avait donné la vie à Pinocchio et, depuis, en secret veillait sur lui. Le chat et le renard, craignant d'être reconnus, s'enfuirent à toutes jambes.

La fée emmena Pinocchio encore évanoui dans sa maison, où elle le soigna avec la plus grande tendresse. Il l'aima tout de suite très fort et, près d'elle, il fut vite remis de sa mésaventure.

Un jour, elle lui demanda ce qu'il avait fait des pièces d'or.
— Je les ai perdues ! répondit Pinocchio sans hésiter.
Son nez s'allongea aussitôt de plusieurs centimètres.
— Et où donc ? demanda la fée.
— Dans la forêt, mentit une nouvelle fois le pantin.
Son nez devint alors aussi long que son bras.
— Dans ce cas, nous les chercherons et nous les trouverons ! dit alors la fée bleue avec un sourire malicieux.

— Attendez ! Non, je me suis trompé ! je... les ai avalées ! s'écria Pinocchio.

A ces mots, son nez grandit tellement que le pauvre pantin ne pouvait plus se tourner sans se cogner aux murs.

— Voilà ce qui t'arrivera chaque fois que tu mentiras ! dit la fée en le regardant sévèrement.

Pinocchio éclata en sanglots et implora son pardon.

Alors, la fée fit entrer par la fenêtre une multitude d'oiseaux qui, en becquetant le nez du pantin, lui rendirent sa taille normale.

— Maintenant, sèche tes larmes, dit la fée en l'embrassant. Gepetto sera ici avant ce soir.

— Je pars à sa rencontre, cria Pinocchio en s'élançant au dehors.

Mais le chat et le renard l'attendaient au détour du chemin.

— Où étiez-vous passés, on vous a aussi assommés ? leur demanda Pinocchio.

— Évidemment ! fit le chat en souriant de tous ses crocs.

— Si tu veux toujours semer tes pièces dans le champ des miracles, et en récolter aussitôt deux mille, hâtons-nous, dit le renard filou !

Pinocchio pensa à la misère de Gepetto… à cette fortune inespérée qui le comblerait de bonheur. Alors, il suivit les deux compères. Le renard s'arrêta devant un champ et dit :

— C'est ici ! Creuse un trou, places-y tes pièces, surtout arrose bien et va te promener un moment ; quand tu reviendras, un arbre chargé de mille pièces d'or aura poussé.

Pinocchio, confiant, obéit. Un quart d'heure plus tard, il se précipita vers le champ et... quelle déception ! Non seulement il n'y avait pas d'arbre mais, en plus, il ne restait pas une seule pièce d'or dans le trou.

Pauvre Pinocchio ! Il n'était pas très fier de lui. Il traînait tristement les pieds, quand un pigeon aux ailes bleues l'appela :

— Pinocchio, Pinocchio, Gepetto te cherche partout !

— Mon papa ? où est-il ?

— Il est sur le rivage, prêt à partir à ta poursuite, car il pense que tu t'es enfui au-delà des mers... Grimpe vite sur mon dos, je t'emmène ! Nous allons essayer de le rattraper.

Ensemble ils survolèrent maintes plaines et montagnes et, après un jour et une nuit, arrivèrent au bord de la mer... mais trop tard... la barque de Gepetto disparaissait à l'horizon...

Et pour le rejoindre, Pinocchio se jeta à l'eau.

Le pantin nagea encore et encore, mais en vain, la barque était déjà beaucoup trop loin. A bout de force, il échoua sur une île.

Il reprenait son souffle, quand un dauphin s'approcha de lui :

— Pauvre petit ! Sais-tu qu'un énorme requin a avalé ton papa...

Le chagrin de Pinocchio fut immense.

A partir de ce jour, en souvenir du pauvre Gepetto,
il décida d'être raisonnable comme le vieux monsieur l'aurait souhaité.

Il se remit en route, erra bien longtemps et, un soir, finit par se retrouver devant une ravissante maison. Il frappa à la porte, mais personne n'ouvrit.

Toutefois, après un long moment, il vit apparaître une grosse limace à la fenêtre.

— Chut ! La fée bleue dort, il ne faut pas la réveiller. Je viens ouvrir tout de suite ! Mais chut, dit-elle très lentement.

Pinocchio était très impatient de revoir sa chère fée, mais il ne fallut à la limace pas moins de neuf heures pour arriver jusqu'à la porte. Et lorsqu'elle l'ouvrit enfin, Pinocchio était tellement fatigué et affamé qu'il s'évanouit.

Il se réveilla dans les bras de la fée bleue ; elle l'embrassa tendrement et Pinocchio promit d'être sage et obéissant.
Il retourna à l'école et devint même, bientôt, le meilleur élève de sa classe. Un soir, pour le récompenser, la fée lui dit :

— Pinocchio, je suis très contente de toi ; demain, tu ne seras plus de bois, je te transformerai en un vrai petit garçon.

Pinocchio courut annoncer la merveilleuse nouvelle à son meilleur camarade qui s'appelait Lucignolo. C'était le garçon le plus espiègle et le plus paresseux du village. Le garnement répondit d'un ton méprisant :

— Pfff ! Qu'est-ce que tu veux que ça me fasse ! Moi, je pars tout à l'heure pour un pays merveilleux.

Et Lucignolo raconta à Pinocchio que, dans cet endroit fabuleux, les enfants n'ont pas à obéir ni à travailler : jamais d'école, rien que des vacances ! Que des millions de friandises et de jouets.

Une fois de plus, Pinocchio ne put résister à la tentation et partit avec Lucignolo et beaucoup d'autres enfants dans un chariot tiré par des ânes qui les regardaient bizarrement...

Après une longue route, ils arrivèrent au pays des jouets : on n'y voyait que des enfants qui riaient, chantaient, couraient dans tous les sens. Ce n'était que chahut, cris et hurlements.

Pinocchio se joignit à cette fête sans fin, oublia tout le reste, et les semaines passèrent comme dans un rêve.

Mais, un matin, Pinocchio découvrit avec stupeur que ses oreilles étaient devenues longues comme celles d'un âne ; et Lucignolo eut la même surprise désagréable. Tous deux virent peu à peu leurs bras se changer en pattes, leur nez en museau. Bientôt, ils ne purent même plus parler, ils ne pouvaient que braire ; ils étaient devenus des ânes !

— Hi han, hi han ! fit Pinocchio en s'enfuyant.

Et de désespoir, il plongea dans la mer.

C'est alors qu'arriva un nouveau prodige...

Une fois sous l'eau, il redevint aussitôt un petit pantin ; il se mit donc à nager le plus vite possible pour regagner le rivage. Mais, horreur ! Entre deux vagues apparut soudain une gueule menaçante grande ouverte sur des rangées de dents redoutables : c'était le terrible requin. Il fonça droit sur Pinocchio et l'avala.

Il faisait aussi noir que dans un encrier à l'intérieur du monstre. Le pantin, sain et sauf mais tout étourdi, fut attiré par une petite lueur qui brillait au loin ; il avança jusqu'au fond du ventre immense de la bête. Et là que trouva-t-il ? Une table sur laquelle brûlait une bougie et, assis devant elle, un petit homme très vieux aux cheveux tout blancs.

Pinocchio reconnut Gepetto et se jeta dans ses bras.

— Oh, mon petit papa ! Je vous ai enfin retrouvé ! s'écria-t-il très ému.

Après s'être longuement embrassés et réjouis de n'avoir aucun mal, ils se racontèrent leurs aventures.

Puis Pinocchio prit la main du vieil homme et dit doucement :

— Mon papa, il n'y a pas de temps à perdre, il faut essayer de nous échapper d'ici.

Ils marchèrent jusqu'à la gueule du requin qui, par chance, était ouverte, car le monstre ronflait en dormant. Le clair de lune éclairait sa langue large comme une avenue. Vite, ils enjambèrent les dents effrayantes et, plouf, sautèrent dans la mer.

Pinocchio aida Gepetto à nager. Heureusement, le rivage n'était pas trop loin, ils purent l'atteindre sans encombre.

Mais il y avait encore une longue route jusqu'à la maison de Gepetto.

Pinocchio dut travailler pour gagner de quoi manger.

Il le fit de si bon cœur qu'il put bientôt mettre quelques sous de côté.

Un jour, ils rencontrèrent la curieuse amie de la fée bleue, la limace.

— Pinocchio, sais-tu que la fée vit aujourd'hui dans la plus grande misère ?

Pinocchio, tout bouleversé, tendit aussitôt tout l'argent qu'il avait en disant :

— Va le porter à ma bonne fée, mais vite, cette fois, vite !

Un soir, Pinocchio et Gepetto, épuisés par tant d'aventures, arrivèrent enfin chez eux.

Le lendemain matin, en se réveillant, le pantin se sentit tout bizarre, tout différent, et avec une agréable chaleur en lui.
Il trouva un mot sur la table : « La fée bleue remercie le cher Pinocchio de son bon cœur ».

C'est alors que le pantin émerveillé s'aperçut qu'il était devenu un vrai petit garçon en chair et en os, exactement comme Gepetto en rêvait.

Ils fêtèrent cet événement en dansant et en chantant tout le jour.

Plus tard, Gepetto apprit le métier de menuisier à Pinocchio, qui lui promit de ne plus jamais faire le pantin.

Ils vécurent heureux de longues années. La fée bleue leur rendit souvent visite ; n'était-elle pas un peu la maman de Pinocchio ?

**Édité par :**
Éditions Glénat

**Services éditoriaux et commerciaux :**
Éditions Glénat
31-33 rue Ernest Renan
92130 Issy-les-Moulineaux


Conseiller artistique : Jean-Louis Couturier
Photo de couverture : Frédéric de Lafosse/Sygma
Maquette de couverture : Les Quatre Lunes

Imprimé en CEE
Dépôt légal : 2e semestre 2000
ISBN : 2.7234.3352.8

# La Belle au bois dormant

D'après Charles Perrault
Illustrations originales de
Mireille d'Allancé

Il était une fois un roi et une reine qui désiraient plus que tout au monde avoir un enfant. Ils firent des vœux, consultèrent tous les magiciens alentour, mais en vain. Et un jour, un merveilleux jour, la reine,enfin,mit au monde une petite fille. Le roi était fou de joie, la reine au comble du bonheur. Toutes les cloches du royaume sonnèrent à la fois. Une fête splendide fut organisée pour le baptême.

On donna pour marraines à la petite princesse toutes les fées du royaume ; elles étaient sept. Chacune d'elles prononcerait un vœu afin que cette enfant tant désirée ait toutes les qualités.

Après la cérémonie du baptême, on servit un festin magnifique. La réception commença dans l'allégresse. On avait placé le berceau au milieu de la grande pièce ; l'enfant souriait sur des coussins de dentelle, et des mets exquis furent servis aux fées et aux invités.

Lorsque le somptueux repas prit fin, chacune des sept marraines se pencha sur le berceau pour présenter son vœu à l'enfant.

La première fée déclara que la princesse serait douée d'une beauté prodigieuse, la deuxième qu'elle posséderait une très vive intelligence, la troisième une grande bonté, la quatrième qu'elle aurait une élégance admirable, la cinquième beaucoup d'humour, et la sixième venait de lui offrir le don de la musique, quand brusquement la porte s'ouvrit.

Dans un grand bruit, une très vieille fée, laide à faire peur, apparut.

L'assistance devint soudain silencieuse.

Si on n'avait pas invité cette fée, c'est parce qu'on la croyait morte depuis longtemps.

Était-ce pour se venger de cet oubli qu'elle s'avança jusqu'au berceau avec un sourire mauvais ?

Le roi et la reine échangèrent un regard angoissé... tout le monde retint son souffle...

Puis, comme des serpents, ses paroles en sifflant sortirent de sa bouche :

— Le jour de ses quinze ans, la princesse se piquera avec un fuseau et en mourra ! Ah ! ah ! ah !

Et sans dire un mot de plus, la méchante fée s'en retourna. Son rire terrifiant résonna dans tout le palais. Puis elle disparut aussi mystérieusement qu'elle était venue.

Le roi était désespéré, la reine avait les larmes aux yeux. La fête se transformait en cauchemar.

Mais la septième fée, par chance, n'avait pas encore prononcé son vœu. Elle s'avança et dit d'une voix très douce :

— Je n'ai pas le pouvoir d'enlever la malédiction, mais je peux l'atténuer... La princesse se piquera mais n'en mourra pas ; elle tombera dans un profond sommeil qui durera cent ans, puis elle sera réveillée par le baiser d'un prince.

Le roi pensa qu'il était peut-être possible d'agir contre le mauvais sort; alors il ordonna aussitôt qu'on brûle tous les fuseaux, et qu'à partir de ce jour, toute personne qui en posséderait encore, serait punie de mort.

Et on brûla tous les fuseaux du royaume.

Les années passèrent. Les vœux des bonnes fées se réalisèrent.

L'enfant s'épanouissait si gracieusement et possédait tant de vertus que tout le monde l'aimait.

Le jour de ses quinze ans, la jeune princesse eut envie de se promener seule à l'autre bout du palais, là où elle n'allait jamais.

Elle découvrit un escalier étroit.

Curieuse, elle gravit les marches une à une et arriva dans une toute petite pièce.

Une vieille femme aux cheveux argent et au sourire charmant était en train de filer, et avec un fuseau, bien sûr. C'était sans doute le seul qui n'avait pas été brûlé.

La jeune princesse s'étonna d'abord que quelqu'un ait pu vivre ici sans qu'elle le sût, puis,comme elle n'avait jamais vu de sa vie filer, elle demanda :

— Et à quoi sert donc cet objet ?

En prononçant ces mots, elle saisit si vivement le fuseau qu'elle se piqua le doigt, et tomba dans le plus profond des sommeils, aussitôt.

On essaya par tous les moyens de la ranimer, mais rien n'y fit. Le roi et la reine immédiatement avertis, se souvinrent de la prédiction : personne ne pourrait réveiller leur fille avant cent ans. Alors, avec une infinie tristesse ils l'installèrent sur un lit brodé d'or. La princesse était très belle dans son sommeil, avec son teint de rose ; et ses cheveux dorés étalés sur l'oreiller éclairaient toute la pièce.

La septième des marraines, celle qui avait parlé la dernière, arriva peu après. Elle ne voulut pas que la jeune princesse se retrouve seule à son réveil, alors elle toucha de sa baguette magique tout ce qui se trouvait autour d'elle, absolument tout !

Il se passa alors quelque chose d'extraordinaire. Le roi et la reine s'endormirent, sans même s'en rendre compte, dans la salle du trône. Les seigneurs et les dames de la cour, les gouvernantes, les pages et les valets s'endormirent également dans la position où ils se trouvaient. Puis ce fut le tour des chevaux dans les écuries, des chiens dans leur niche, des pigeons sur le toit ; le feu cessa de flamber dans la cheminée, dans les marmites l'eau s'arrêta de bouillir, et sur les broches, les rôtis de cuire. Un cuisinier poursuivait son marmiton pour lui tirer les oreilles : ils tombèrent tous les deux en même temps dans un profond sommeil.

Même le vent cessa. On aurait dit que toute vie était suspendue, comme si la nature retenait son souffle.

Puis, tous les arbres qui entouraient le château se mirent à pousser, pousser, et ils devinrent si hauts qu'ils le cachèrent entièrement, enfin, presque... Toutes les branches se mêlèrent, les épines s'accrochèrent, les ronces se nouèrent, les arbustes devinrent des haies sombres : c'était une forêt inextricable, aussi infranchissable qu'un mur. Si la bonne fée avait fait tout cela, c'était pour que ni homme ni bête ne puissent y pénétrer. Elle voulait protéger le sommeil de la princesse et de tous les habitants du palais.

Dix ans, vingt ans, trente ans passèrent. Au bout de cent ans, un fils de roi qui chassait à cheval vint à passer par là. Il était beau, aimé et respecté pour sa bonté. Il aperçut de loin une toute petite tour qui dépassait d'un bois sombre et épais. Il demanda ce que c'était aux gens qui l'accompagnaient. Certains lui dirent qu'il s'agissait d'un château hanté ; d'autres que c'était le repère de terribles sorcières ; d'autres, enfin, le logis mystérieux d'un ogre redoutable. Le prince était de plus en plus intrigué et ne savait qui croire.

Il finit par interroger un vieux paysan qui passait. Le très vieil homme, en hochant la tête, lui répondit :

— Mon père m'a bien raconté, il y a une cinquantaine d'années de cela, qu'une princesse, la plus belle qu'on n'ait jamais vue, habitait ce château et qu'elle devait y dormir cent ans. Il disait même que toute la cour était endormie avec elle, et que ce serait le fils d'un roi qui la réveillerait... mais mon père était un peu fou et racontait souvent n'importe quoi !

Le jeune homme sentit son cœur gonfler dans sa poitrine, et une sensation inconnue l'envahit : ce prince attendu, c'était lui.

Alors, il marcha vers le bois sombre et, comme par miracle, les branches, les orties et les épines qui n'avaient laissé pénétrer personne depuis cent ans s'écartèrent sur son passage. Cette magie fascinait le jeune homme et il n'avait pas fini d'être étonné.

Il arriva dans la cour d'honneur du palais ; les chevaux dormaient dans leurs écuries, les chiens dans leur niche. Sur le toit, les pigeons avaient la tête sous l'aile. Il n'entendit dans ce silence absolu que ses pas sur les pavés et les battements de son cœur infiniment troublé.

Le prince entra dans le château : tout le monde dormait dans les pièces qu'il traversait. Quel vision étrange ! Il monta un grand escalier, pénétra dans la plus belle chambre et aperçut la princesse : elle était en effet d'une exceptionnelle beauté.

Il fut si impressionné qu'il ne sut comment l'éveiller. Il l'appela d'abord doucement, puis plus fort, mais la princesse ne s'éveilla point. Il insista, encore et encore, lui prit même la main, mais en vain. Il était désespéré, ce n'était donc pas lui le prince attendu. Alors, le cœur déchiré, avant de la quitter, il lui donna un baiser.

Immédiatement, les yeux de la princesse s'ouvrirent et après le plus tendre des sourires elle lui dit :

— Oh ! mon prince, je vous attendais.

Le jeune homme crut défaillir d'émotion. Il s'en était fallu de peu pour qu'il ne la réveillât jamais. Le vieux paysan avait oublié de lui parler du baiser. Les yeux du prince et de la princesse brillaient de l'éclat particulier de l'amour ; et ils se parlèrent, parlèrent, parlèrent comme s'ils se connaissaient depuis toujours.

Au bout de plusieurs heures, les gens de la cour, qui n'étaient pas tous amoureux, commençaient à mourir de faim et d'impatience. Quelqu'un alors se permit d'annoncer bien fort que le dîner était servi.

Pendant le repas,  le prince et la princesse restèrent silencieux, ils ne se quittaient pas des yeux. Ils paraissaient si amoureux que le roi et la reine rayonnaient de bonheur.

Quelques jours plus tard, le mariage fut célébré dans une folle gaieté.

On chanta, on dansa, on s'amusa comme jamais.

Jamais non plus on n'avait ressenti un désir aussi farouche de se divertir.

Comme si l'on voulait rattraper cent ans d'engourdissement.

Le prince et la princesse vécurent très, très heureux. Il faut dire aussi qu'ils avaient sept fées pour veiller sur eux.

**Édité par :**
Éditions Glénat

**Services éditoriaux et commerciaux :**
Éditions Glénat
31-33 rue Ernest Renan
92130 Issy-les-Moulineaux



Conseiller artistique : Jean-Louis Couturier
Photo de couverture : Frédéric de Lafosse/Sygma
Maquette de couverture : Les Quatre Lunes

Imprimé en CEE
Dépôt légal : 2e semestre 2000
ISBN : 2.7234.3351.X

# Le Livre de la jungle

d'après Rudyard Kipling
Illustrations originales de
Yan Thomas

Un jour, au cœur de la jungle, il se passa une chose extraordinaire : des cris que les animaux n'avaient jamais entendus jusqu'alors retentirent soudain ; c'étaient les pleurs d'un petit bébé d'homme. Personne ne sut jamais qui l'avait abandonné là, dans un panier d'osier, entre les hautes herbes.

Le seigneur Tigre, Shere Khan, de très loin, l'avait flairé le premier et s'était déjà mis en route pour le dévorer... Mais Bagheera, la panthère noire, respectée de toute la jungle, le découvrit avant lui.

Elle était puissante, et peu de proies lui échappaient. Pourtant, lorsqu'elle se pencha sur le petit d'homme, elle fut si attendrie par son sourire qu'elle lui dit :

— Tu as de la chance que ce soit moi qui te trouve, petite grenouille ! Le tigre Shere Khan n'aurait fait de toi qu'une bouchée. Il est si cruel et si lâche qu'il se jetterait sur une pauvre proie sans défense. Mais, ne crains rien, je t'emmène chez le loup Akela. Il vient d'avoir des petits, sa louve acceptera sûrement de t'adopter...

Elle aima aussitôt le petit à la peau sans poils. Elle le lécha, le nourrit, l’éduqua avec ses petits louveteaux, qui jouèrent comme des frères avec lui, et elle l’appela Mowgli.

Quelques semaines plus tard, le grand conseil des loups eut lieu. Ils venaient de toute la région présenter leurs petits pour que chacun puisse les reconnaître et ne leur fasse pas de mal. Akela, qui était leur chef tout puissant, montra le petit Mowgli. Les loups étaient tout à leur surprise, lorsque, soudain, un rugissement terrifiant les fit se retourner : c'était Shere Khan, le redoutable tigre, furieux de s'être fait devancer :

— Rendez-moi ce petit d'homme, il est à moi ! Je l'ai flairé le premier, lança-t-il d'un air féroce.

— Pas question, répondit Akela, il fait partie des nôtres.

A ce moment, la masse énorme et trapue d'un gros ours s'avança ; c'était le brave Baloo, que tout le monde appréciait pour sa bonté, son expérience et son savoir. Tous firent alors silence, et il gronda :

— Le petit d'homme doit grandir avec ses frères les loups, et je lui enseignerai moi-même les lois de la jungle.

Puis, la panthère Bagheera bondit, sombre et superbe, au milieu de l'assemblée :

— Baloo a raison, le petit appartient à ceux qui l'ont accueilli !

Et c'est ainsi que Mowgli fut accepté par toute la tribu des loups, et Shere Khan dut repartir bredouille en rugissant de colère. Baloo se prit vite d'affection pour son nouvel élève, et il lui arrivait souvent d'être impressionné par son intelligence et sa mémoire.

Grâce à ses leçons, le petit d'homme sut bientôt grimper aux arbres avec l'agilité d'un singe, nager comme un poisson et courir aussi vite qu'un fauve.

De plus, il apprit le langage des serpents, des oiseaux, des éléphants, de presque tous les habitants de la jungle.

Bagheera suivait ses progrès et était très fière de lui. Pourtant Mowgli n'était pas toujours sage !...

Un jour que Baloo l'avait grondé, le petit s'en alla bouder dans un arbre ; quand, plus tard, il en redescendit, l'ours lui demanda :

— Alors, petite grenouille, es-tu toujours fâchée ?

— Mais non, gros balourd adoré ! fit Mowgli, je vais même t'apprendre un secret : je serai bientôt le chef d'une grande tribu !

— Ah bon ! répondit Baloo, amusé, et laquelle s'il te plaît ?

— Celle de mes amis les singes ; ils m'ont offert des bananes pour me consoler et m'ont dit que si je les suivais je deviendrais leur chef.

— Si tu les suivais, tu courrais surtout au-devant de gros ennuis ! l'interrompit Baloo en prenant un ton très grave. Écoute bien Mowgli, méfie-toi du peuple des singes, on ne peut leur faire confiance, ils ne savent que crier et se balancer de liane en liane. Ils n'ont aucune loi et encore moins de chef. Il ne faut pas croire un mot de ce qu'ils te racontent...

Suis mes conseils, petit, évite leur compagnie.

C’était la première fois que Baloo lui parlait avec autant de sérieux, et, comme Mowgli l’aimait beaucoup, il lui promit de ne jamais suivre les singes. Après cette leçon, le petit d’homme s’endormit avec ses frères les loups.

Bagheera et Baloo n’étaient pas loin pourtant... Pourtant, lorsque Mowgli se réveilla, il était quelque part dans les arbres, balloté de mains en mains par une multitude de singes qui bondissaient de branche en branche : ils l’avaient enlevé.

Bagheera et Baloo tentèrent bien de les rattraper, mais l’ours était trop lent et la panthère ne pouvait grimper aussi haut. Alors Bagheera eut une idée :

— Courons demander de l’aide à Kaa, le serpent, lui seul connaît leur repaire, et il est leur pire ennemi.

Kaa était un python de dix mètres de long et d'une force prodigieuse. Les singes le redoutaient, car il pouvait les atteindre jusqu'à la cime des arbres ; il avait même le pouvoir terrible de les paralyser rien qu'en les regardant fixement, au point qu'ils ne pouvaient plus faire un seul geste.

Kaa allait justement se mettre en chasse.
Il écouta avec attention Baloo et Bagheera, et fut d'accord tout de suite.

— Tsssss ! Ces singes sont aussi insolents que stupides, une sérieuse leçon serait sûrement nécessaire à ces sots sans cervelle.

Ils s'élancèrent donc aussitôt jusqu'au vieux temple en ruine dont les singes avaient fait leur demeure.

Bagheera et Kaa fonçaient devant, vifs comme l'éclair. Baloo les suivait comme il pouvait.

La nuit était tombée, et les singes retenaient toujours Mowgli prisonnier. Le petit avait le vertige au milieu de ces centaines de singes qui tournaient sans cesse autour de lui. Tout à coup, un nuage noir masqua la lune. C'est le moment que choisit Bagheera pour attaquer, mais les singes étaient si nombreux qu'elle n'en venait pas à bout. Puis, Baloo se jeta à son tour dans la bataille, mais lui aussi était dépassé par le nombre. C'est alors qu'au sommet du temple éclairé par la lune apparut Kaa. Dressé et menaçant, il lança un sifflement si perçant que tous les singes s'enfuirent, terrorisés.

Bagheera prit alors Mowgli sur son dos et, toujours suivie de Baloo, fonça à travers la jungle. L'affection qui les liait tous les trois s'en trouva renforcée. Et, à partir de ce jour, ils devinrent inséparables.

Les années passèrent, mais Shere Khan ne pouvait oublier la proie qui lui avait échappé. Il se faisait de plus en plus d'amis parmi les jeunes loups ambitieux et attendait son heure pour prendre sa revanche.

Bagheera sentait tout cela, et un jour elle dit à Mowgli :

— Petit, il faudra bientôt que tu quittes la jungle pour aller rejoindre les tiens, les hommes !

Mowgli ouvrit de grands yeux étonnés, il ne comprenait pas.

— Les hommes ? Mais ma famille, c'est toi, Bagheera, et Baloo et les loups ; les miens ce sont les animaux de la jungle. Je suis aimé de tous ici !

— Non, Mowgli, tu te trompes, pas de tous. Nombreux sont ceux qui peuvent de moins en moins supporter ta présence.

— Pourquoi ? Je n'ai rien fait de mal.

— Écoute-moi, petit. Shere Khan essaie de monter les loups contre toi, en leur racontant qu'un jour tu feras comme les autres hommes qui viennent dans la jungle et qu'alors tu nous captureras et tu nous tueras...

Shere Khan veut ta mort depuis longtemps et Akela sera bientôt trop vieux pour te défendre.

Mowgli restait silencieux et songeur. Bagheera reprit :

— Il y a un moyen de tenir tous tes ennemis à distance, y compris Shere Khan : c'est le feu. Va prendre un de ces pots où une flamme brûle toujours près des maisons des hommes, si tu n'as pas peur !

— Le feu ne m'a jamais fait peur ! s'écria Mowgli en s'élançant déjà vers le village le plus proche.

— Ah !… soupira Bagheera en le regardant s'éloigner. Tu es bien un homme ! Nous autres, les animaux, avons très peur du feu.

Mowgli revint le lendemain avec un pot rempli de braises rouges ; il le gardait près de lui et en prenait grand soin pour ne pas que le feu s'éteigne...

Ce jour-là, tout le clan des loups devait se réunir. Akela était désormais trop âgé et devait laisser sa place de chef. Shere Khan était présent, arrogant et orgueilleux, entouré de ses tout nouveaux amis, de jeunes loups aux crocs acérés ; ils étaient déchaînés, ils hurlaient qu'Akela n'avait plus droit à la parole, que le petit d'homme n'avait plus rien à faire ici, qu'il fallait qu'il parte et tout de suite.

— Non, donnez-le moi, gronda alors Shere Khan !

Pour la première fois de sa vie, Mowgli eut peur. Bagheera lui chuchota à l'oreille :

— C'est à toi ! Vas-y !

Alors le petit d'homme se dressa, une branche enflammée à la main, qu'il fit tournoyer au-dessus de sa tête ; les jeunes loups, effrayés, rampèrent ; Shere Khan, d'abord surpris, n'osa faire un geste, puis il essaya sournoisement de l'attaquer par derrière, mais Akela prévint le petit garçon, qui brandit aussitôt la flamme sous la gueule du tigre en criant :

— Traître ! Un geste, et je brûle ta fourrure. Vous, les loups qui m'avez trahi, sachez que je ne resterai plus longtemps ici. Je rejoindrai mes semblables, les hommes. Mais prenez garde à Shere Khan, il est cruel et fourbe, n'en faites jamais votre chef ou vous le regretterez, vous m'entendez ? Jamais ! Et n'oubliez pas que je vous aimais... Allez, maintenant, disparaissez ! Allez !...

Alors, tous les fauves s'enfuirent, et seuls restèrent Baloo, Bagheera, Akela et quelques loups fidèles. Mowgli sentit alors comme de l'eau couler sur ses joues. Il se demanda d'où cela pouvait venir, ce n'était pas la pluie pourtant !

Il ne comprenait pas.

Bagheera s'approcha et lui dit doucement :

— Ce sont des larmes, Mowgli, des larmes. Tu es vraiment un homme à présent... Va, maintenant, va !

Mowgli alla embrasser tendrement la mère louve qui l'avait élevé.

— Petit d'homme je t'aimais plus que mes propres enfants ! lui dit-elle affectueusement.

Mowgli, le cœur serré, dit adieu à ses amis et partit.

L'aurore commençait à poindre quand il arriva près du village des hommes. Il entendit alors un chant qu'il trouva encore plus merveilleux que celui des oiseaux. C'était une très jeune fille qui, à la rivière, puisait de l'eau. Elle était si jòlie que, fasciné, il n'osait approcher de peur qu'elle ne s'enfuie. Mais elle l'aperçut, lui sourit et l'invita à la suivre. Mowgli venait de trouver la plus belle raison de vivre parmi les hommes.

**Édité par :**
Éditions Glénat

**Services éditoriaux et commerciaux :**
Éditions Glénat
31-33 rue Ernest Renan
92130 Issy-les-Moulineaux



Conseiller artistique : Jean-Louis Couturier
Photo de couverture : Frédéric de Lafosse/Sygma
Maquette de couverture : Les Quatres Lunes

Imprimé en CEE
Dépôt légal : 1er semestre 2000
ISBN : 2.7234.3247.5